Vom Aufenthalt

Von Zeit zu Zeit
stehenbleiben; zurück-
blicken auf das Stück Weg
hinter dir; Ausschau halten
auf das, was vor dir liegt.
Die Lust des Denkens. Das Ziel
ermessen. Einen Augenblick fragen,
ob sich's lohnt. Dann, mitten
im Satz, aufbrechen. Beides
im Auge haben: das Vorliegende
und das unentwegt Anzustrebende.

Angebote

Peter Schütt

Bäume sterben aufrecht

Neue Gedichte

Verlag Tribüne Berlin

Herausgegeben und mit einem Nachwort
von Jutta Zimmer
Umschlag- und Textillustrationen
von Dagmar Schwintowsky
Autorenfoto auf der 4. Umschlagseite
von Barbara Morgenstern

ISBN 3-7303-0076-8

2. Auflage 1986
Lizenz 2 · 629/86 · LSV 7305
Printed in the German Democratic Republic
Gesamtherstellung
LVZ-Druckerei »Hermann Duncker«, Leipzig
Bestell-Nr. 686 438 1
00250

Lesezeichen

Das wünsche ich mir
von meinen Büchern, daß sie
mitgenommen werden
ins Bett,
an den Arbeitsplatz
oder an den Strand,
daß sie zwischen den Zeilen
Platz haben
für eine Möwenfeder,
für ein Büschel Thymian,
für ein Tröpfchen Sonnenöl
mit eingefaßten Sandkörnern.
Ich wünsche mir, daß
jeder, der mehr weiß als ich,
der mehr von der Welt gesehen hat,
der schwerer gearbeitet hat
als ich, seine Anmerkungen
hineinschreibt oder
meine Bücher zur Hand nimmt
wie einen Kalender,
ein Blatt herausreißt
und es dem Freund,
dem Kollegen schickt
als Feriengruß.

Mein Trotzdem

Ich weiß, ich werde mit meinen Gedichten
nicht die Revolution voranbringen,
ich werde nicht die Stationierung
der amerikanischen Garnisonen
in der Garlstedter Heide verhindern,
ich werde mit meinen Gedichten
kein Geld verdienen können,
ich werde keine Beiersdorf-Arbeiterin
von den Julia-Heften abbringen,
ich werde mir nicht einmal
meine Angst von der Seele schreiben,
ich werde mit meinen Gedichten
keine Frau gewinnen, mich zu lieben,

und doch setze ich mich jeden Morgen
aufs neue an den Schreibtisch
und mache Gedichte, um mit ihnen
die Revolution voranzubringen,
die Stationierung amerikanischer Panzer
im Naturschutzgebiet zu verhindern,
um mir meinen Lebensunterhalt
zu verdienen, um die Beiersdorf-Arbeiterin
von den Schmachtschinken abzubringen,
um mir meine Angst von der Seele
zu schreiben, um die Liebe der Frau
zu gewinnen, die ich liebe.

Transit

Solange ich lebe,
bin ich unterwegs.
Auf dem unwegsamsten aller Wege,
dem Menschenweg,
bin ich unterwegs.
Einen festen Wohnsitz
habe ich nur auf dem Papier.
Wenn ich irgendwo bleiben möchte,
bin ich auf der Durchreise.

Solange ich lebe,
bin ich auf der Flucht.
Ich versuche, der Barbarei
zu entkommen. An My Lai, an
Oradour führt kein Weg
vorbei. Die Angst sitzt
mir im Nacken. Wo ich
aufgefordert werde, stehenzubleiben,
laufe ich davon.

Solange ich lebe,
bin ich im Aufbruch.
Und ahne, ich werde mein Ziel
nicht erreichen. Irgendwo
unterwegs auf dem Menschenwege,
dem unwegsamsten aller Wege,
werde ich auf der Strecke
bleiben: das Ziel meines Lebens
greifbar vor Augen.

Lehrgeld

Ich bin jetzt
weit über vierzig
und bin nicht mehr,
der ich war.
Ich war nicht,
der ich bin.
Ich habe mich
geändert, ich bin
auf dem Weg zu werden,
wer ich bin:
ein anderer.

Ich habe draufgezahlt:
Lehrgeld, nicht
zu knapp.

Mein Weg war
alles andere
als gerade.
Ich habe mich
geirrt,
mehr Fehler
als Schulden gemacht.
Doch Leben
ohne Irrtum
ist ein Irrtum
und gibt es allenfalls
als parteifromme Legende
aus dem roten
Heiligenkalender.

Die materielle Basis der Gedichte

Auch Gedichte haben, und wenn
sie sich meilenweit über alle
irdische Misere erheben und
Worte wie auf Wolken betten,
ihre materielle Basis.
Ein lyrisches Produkt wie dieses
kostet mich ungefähr
zwei Stunden Überlegung,
anderthalb Tassen Nescafé,
wenigstens sieben Blatt Papier,
zwei Mark zum Fotokopieren,
fünf Mark Portogebühren, wenn
ich es zehnmal in die Welt
hinausschicke, kostet mich
ein Gutteil meines Ansehens
bei den Lehrmeistern
der neuen Innerlichkeit.
Es bringt mir, lege ich
das Zeilenhonorar der
»Deutschen Volkszeitung«
oder des »kürbiskern« zugrunde,
im Glücksfall 10,50 DM ein,
es sei denn, es gelänge ihm,
alle Zensurschranken zu durchbrechen
und in einer Literatursendung
des NDR unterzuschlüpfen –

eine Chance, die ich mir
durch Erwähnung des Wortes »Zensur«
allerdings schon wieder
verscherzt habe –, dann hätte ich,
falls der Sprecher den Versfuß
auf zwei volle Sendeminuten
strecken kann, Aussicht
auf immerhin dreißig Mark.
So bringe ich es, mit Biegen
und Brechen, auf ein Jahreseinkommen
laut Steuererklärung 736630 N 320
von genau 10 019,31 DM.

Davon wollen Sie
ein ganzes Jahr gelebt haben?
fragte mich der Finanzinspektor.
Nein, Herr Inspektor, davon
kann die Poesie nicht leben.
Als Dichter lebe ich, verstehen Sie,
von Luft und Liebe und dem Quentchen
Solidarität, das unsereins
über Wasser hält.

Das ist wohl in der Tat
steuerlich nicht zu erfassen,
schüttelte er sorgenvoll den Kopf.

John Lennon, ein Nachruf

Weißt du noch –
why don't we do it on the road?
An dieser Stelle
hatte unsere Beatles-Platte
die Schramme,
die Nadel drehte sich
wieder und wieder im Kreise
und wiederholte:
why don't we do it on the road?
Dann sprangst du raus aus dem Bett,
nackt hüpftest du
quer durchs Zimmer
und legtest das Lied
noch einmal auf:
why don't we do it on the road?,
und wir taten's doch nur im Bett . . .
Yesterday.

Es war um die Zeit,
siebenundsechzig,
achtundsechzig, als wir
die Denkmäler stürmten,
damals kannten wir höchstens
den Refrain der Internationale,
auf den Lippen hatten wir
die Songs der Beatles:
all you need is love . . .

Das war unser Manifest,
das war der Sound,
der uns in die Glieder fuhr,
das war der Rhythmus
unserer ersten Sprechchöre:
love is all you need.

Doch unsere Revolution,
die von Yesterday,
wurde verraten und verkauft,
wie eine Unschuld vom Lande
landete sie
auf dem Strich.
Unsere Idole sind
aufgestiegen wie Gestirne,
und wie Sternschnuppen
sind Jimmy Hendrix,
Elvis Presley
und John Lennon
gefallen und verglüht:
love, love, love
is all you need . . .

Klassentreffen

Über unser Klassentreffen,
zwanzig Jahre später, schrieb die Heimatzeitung
einen genauen Bericht. Achtzehn Karrieren
beschrieb der Lokalreporter, achtzehnmal
derselbe beschwerliche, aber endlich
erfolgreiche Weg nach oben. Nur meinen Weg
erwähnte er nicht. Ich bin das schwarze Schaf,
ich passe in keinen Jubiläumsbericht,
ich habe dem Stader Athenäum
keine Ehre gemacht, ich habe
meine Klasse verraten.

Sie kamen von weit her,
sie haben es weit gebracht.
Generalvertreter der Metallgesellschaft
in Tokio, Verkaufsleiter der BASF
für die gesamte USA, Leiter des Siemensbüros
in Kapstadt. Zwei Schulkameraden
erwarten in Kürze ihre Beförderung
zu Generälen der Bundeswehr. Der mich
auf dem Nachhauseweg so gern geprügelt hat,
ist Chefarzt geworden. Der seine Mathe-Arbeiten
bei mir abgeschrieben hat, ist Richter
am Celler Landgericht. Dem ich den Mogelzettel
für den Abituraufsatz unter den Lokusdeckel
geschoben habe, ist heute ein leitender Beamter
beim Verfassungsschutz.

Kein Zweifel, für solche Berufe
hatten mich unsere Lehrer, hatten mich
meine Eltern ausersehen. Dafür bekam ich
damals die guten Zensuren, dafür habe ich damals
ihre Prügel bezogen. Ich habe ihnen
einen Strich durch ihre Rechnung gemacht,
ich habe ihre Pläne durchkreuzt,
ich bin zur anderen Seite übergelaufen.

Sie haben fast alles, schöne Frauen,
Verbindungen, Häuser, von ihren Wagen will
ich, immer noch Nichtautofahrer, gar nicht
erst reden, sie haben ihre Ansichten,
Bankkonten und einschlägigen Erfahrungen.

Ich stand da mit leeren Händen, doch
unser Generalvertreter aus Tokio
hat großzügig und unauffällig
meine Zeche bezahlt, hat mir zur Ehre
eine Lage echten Krimsektes spendiert
und mir beim Abschied eine Stelle
in der Werbung seiner Gesellschaft
angeboten. »Und Stippels« – so nannten,
so nennen mich meine Mitschüler,
weil ich für sie der Zuspätkommer
aus dem Dorf geblieben bin –,
»wenn du nach Japan kommst,
melde dich . . .« Auch mein Schulfreund
vom Verfassungsschutz hat mich eingeladen.
»Privat«, hat er mir versichert, »hab ich
nicht das Geringste gegen Kommunisten«,
und drückte mir vertrauensvoll
seine Visitenkarte in die Hand.

Bürger fragen Kommunisten

Zwei Stunden lang mußte ich
auf dem Pressefest der UZ
am Info-Tisch meiner Partei
zu heiklen Fragen Stellung
nehmen: die häufigsten Fragen
galten elementaren Bedürfnissen.
Wo denn die Toilette sei, wollten
die Leute von mir wissen. Und
wo, bedrängte mich ein ruhrgebieterisch
daherredender Genußmensch, es denn
den sagenhaften oberhessischen Preßkopf
gäbe. Und wann singt diese Supersängerin
aus Afrika? Haben Sie vielleicht,
wollte eine ältere Dame von mir wissen,
meinen Mann gesehen? Haben Sie einen Tip,
wie man an diesen Astronauten rankommt,
den mit den vielen Orden auf der Brust?
Ein anderer rümpfte die Nase: Es riecht
hier so nach Schmuttaal. Können Sie mir
sagen, wie ich den kriege? Ich wurde
gefragt, ob der Degenhardt Kommunist
wär und was denn Friede, Freude, Eierkuchen
mit dem Sozialismus zu tun hätte. Viel,
gab ich zur Antwort, so viel wie Erdbeeren
und Schlagsahne: erst zusammen
gegessen, wird's eine Delikatesse.

An eine scheidende Genossin

Wir weinen dir
keine Träne nach,
und wir laufen dem,
der uns verläßt, nicht
so weit nach, daß
wir nicht zurückfinden.
Aber wir sind betroffen.
Wir sind weniger ohne dich,
wir sind schwächer,
und die auf der anderen Seite
sind in der Überhand,
auch wenn du nicht
geradewegs zu ihnen
herüberwechselst.

Du vermißt bei uns
Freundlichkeit. Werden wir
freundlicher ohne dich?
Du kreidest uns Fehler
und Mängel an.
Wir sind nicht unfehlbar.
Auch Genossen
wollen, sollen Menschen sein.

Du gehst fort.
Wohin?
Wie weit?
Von uns fort
führt nur ein Weg,
und der führt
nur weiter
von uns fort.

Entgegnung

Du nennst mich
einen geborenen Kämpfer.
Du irrst.
Ich kämpfe, damit
der Kampf eines Tages
sein Ende hat.
Wenn ich mitunter
auch hart sein kann,
bin ich es doch nicht
um der Härte willen,
sondern um der Sanftheit
den Weg zu bereiten.
Ich streite mich
doch nur um
des lieben Friedens
willen.

Nachruf

Wenn ein Genosse von euch
geht, der es schwer gehabt hat
und den sie geschunden haben
ein Leben lang, dann
macht um ihn keine großen Worte,
sie richten ihn,
richten euch nicht auf,
und werft ihm nicht zu viel
Erde nach ins Grab,
er ist sein Leben lang
mit Dreck beworfen worden
und hat Staub geschluckt,
sobald er seine Stimme erhoben hat,
gönnt ihm seine Friedhofsruh,
er hat sie sich redlich verdient,
und sagt ihm: Wir wollen
festhalten an unserer Sache,
damit sich so ein langes Leiden
in einem so kurzen Leben
nicht noch einmal
wiederholt.

An meine Mutter

Im Alter
werden Bäume
erst schön.
Die Falten
nehmen ihrer Rinde
den Anschein der Glätte
und geben ihnen
Ausdruck und Empfindlichkeit.

Sie haben zu wachsen
aufgehört, aber nicht zu reifen.
Sie gehen nicht mehr
in die Breite, sie dehnen
sich aus nach innen.

Ihre Häupter,
vom Winde zerzaust
und von den Stürmen
bis in die Wurzeln erschüttert,
sind gezeichnet
von Erfahrung:
erst im Alter
werden Bäume
wirklich schön.

Ballade vom Tod meines Vaters

Als wir ihm,
Schritt um Schritt,
auf seinem letzten Weg
folgten – Nachbarn
aus dem Dorf trugen
seinen Sarg aus der Kirche
hin zur letzten Ruhe –,
roch es nach Moder,
Moor und Mist, ganz
wie zu Haus in Basbeck
am Moor, eine lange,
dunkle Dorfkindheit lang,
die Sonne versteckte sich
vorsichtshalber hinter
dem dicken Kirchturm,
und von Südost wehte
ein kalter Wind: es war
der Sonnabend vor
dem Sonntag Laetare.
Ein Lehrerkollege
verkündete über
dem offenen Grab
noch einmal die alten
Ideale, aber mein Vater
antwortete nicht
mehr, und es wurde
mit einem Male
sehr still um ihn.

Noch auf der Bahre
lag er steif und feierlich
da, unbewegt und kalt,
wie er mir oft vorgekommen
war, er sah aus
wie verhungert aus Mangel
an Liebe, als hätte ihn
der Haß, den er nährte
von Jugend auf, endlich
inwendig zerfressen.
Nur die Hände waren
friedlich gefaltet
wie nie zu Lebzeiten,
ohne erhobenen Zeigefinger
und ohne den Haselnußstock,
den er in der Schule
zur Verlängerung
seines Zeigefingers
gebraucht hatte.

Traurig war an
seinem Tod, daß
niemand seinen Tod
betrauerte. Wer klagte,
der klagte mehr
über sich und über
sein eigenes Elend,
der klagte die Zeit an,
in der er lebte, und
hatte doch recht dabei:
ist diese unsere Erde
nicht immer noch ein Jammertal!

Ist unser Leben, und
wenn es köstlich gewesen ist,
nicht immer noch Mühe
und Arbeit! Wieviel
Hoffnungen müssen wir
noch immer Tag für Tag
aufs neue begraben!
Wieviel Träume nehmen wir
unerfüllt mit ins Grab!

Das verdanke ich ihm:
er hat mir das Weinen beigebracht
und hat doch selber,
ein ganzer Mann,
ein armer Schlucker,
nie weinen gekonnt.
Er hat mir den Willen
gegeben, mich zu wehren:
was ich geworden bin, ich bin
es geworden im Kampf
gegen ihn. Er war wie
sein Jahrhundert, ein Jahrhundert
ohne Liebe, ein Jahrhundert
der Kriege und der Barbarei.
Geboren wurde er
noch zu Kaisers Zeiten.
Er war noch ein Junge,
als das erste große Morden
begann und die erste Hälfte
seiner Freunde hinwegraffte.
Der zweite Weltkrieg
holte die andere Hälfte.
Er blieb allein übrig,
blieb allein,
alleingelassen
in seiner Bitterkeit
und seinem Zorn,

alleingelassen von allen
und von mir: ich
ging meinen eigenen Weg,
ich ging fort und
ließ meinen Vater
einen alten Mann sein
und schob ihm doch
mehr Schuld zu, als
seine schmalen, schon
zu Lebzeiten eingefallenen
Schultern überhaupt tragen konnten.
Er hat nur Schläge
weitergegeben, die er
selbst einstecken mußte.
Er hat sein Leben so
nicht gewollt. Er hat mich –
so wie ich bin – nicht
gewollt. Und doch bin ich
sein ungeliebter Sohn,
bin aus seinem Stamm,
aus seinem Jahrhundert
und bin aus demselben
Rohmaterial geformt, aus
Basbecker Moor, Moder und Mist.

Hunger

Manchmal habe ich
Hunger
nach nichts als
einem freundlichen Wort –
ein Wort
gegen die Kälte,
gegen die Angst,
ein einziges Wort
zum Aufwärmen
und zum Luftholen,
ein Wort ohne Bleigewicht,
nur beladen mit
einem Gran Frieden,
damit es nicht
gleich davonfliegt.

Frau in der U-Bahn

Die Frau in der U-Bahn steht stumm,
den Kopf geneigt
wie eine verblühte Sonnenblume,
und lehnt das ganze Gewicht
ihrer 45 Jahre,
ihre Abgespanntheit
und ihre Trauer
gegen die Haltestange.

Die U-Bahn taucht ein
in den Tunnel: im Wechsel
zwischen Taglicht und Neon
erscheint mir am Fenster
ihr Spiegelbild –
unverhüllt und schön
wie eine Geliebte,
die ihren Liebsten
umarmen möchte.
Beschämt senke ich
meine Augen.

Liebe in der Zeit

Sich umarmen
in einer Zeit, da
Menschen einander immer
noch abschlachten wie Vieh,
sich lieben in einer Welt,
in der die Menschen
einander verhungern lassen,
unter einer Decke stecken,
da uns der atomare Tod
dazwischenkommen kann,
wenn ich schon, aber du
noch nicht gekommen bist –
ist immer noch
schön und bringt
vielleicht nicht weniger
Spaß, aber nur,
weil wir nicht wissen,
wieviel Erfüllung
uns die Liebe bringt,
wenn Menschen
einander nicht mehr
abschlachten, einander
nicht mehr aushungern
und nicht mehr mit
dem atomaren Holocaust
bedrohen.

Rechenschaft

Eines guten Tages
werden auch die Dichter
und Denker meines Landes
befragt werden
von den spurlos Verschwundenen
in den Diktaturen Lateinamerikas,
von den schwarzen Minenarbeitern
in den Goldgruben Südafrikas
und von den Unberührbaren
aus Indien.

Sie werden befragt werden,
was sie getan haben,
als die Kanonen
so viel Butter fraßen,
daß in einem einzigen Jahr,
1981, vierzehn Millionen Menschen
in den ärmsten Ländern der Erde
vor Hunger krepiert sind.

Sie werden nicht befragt
werden nach ihren Moden,
auch nicht nach ihrer Partei,
ob sie Jeans trugen oder Krawatten
oder ob sie lieber französisch
aßen als chinesisch.
Niemand will dann mehr wissen,
ob sie zur neuen Innerlichkeit
zählten oder zur neuen Sachlichkeit,
ebensowenig, ob sie ihren Goethe
gekannt haben, den Erasmus
oder Vergil.

Ihre Ausreden und Entschuldigungen
zählen nicht, und
keiner wird ihnen Glauben
schenken, wenn sie abermals
behaupten, sie hätten
von alldem nichts gewußt.
Die Fragen werden
kommen von denen, die
zu mager waren, um
in die dicken Bücher
der Dichter und Denker
Aufnahme zu finden,
die zu grob waren
für die feinsinnigen Gedichte
der neuen Innerlichkeit,
deren Leben zu banal war
für die tiefsinnigen Betrachtungen
der gutbezahlten,
gut ausgebildeten
und gut genährten
Kommentatoren.
Die Fragen werden kommen
von denen, die ihnen
das Essen serviert haben,
von denen, die ihnen
für einen Hungerlohn
den Kaffee gepflückt haben,
und von den Frauen, die
ihnen den letzten Rest an Liebe
und Ehre hingegeben haben
für eine warme Suppe.

Sie werden fragen:
Was habt ihr getan,
als die Menschen rings
um den Äquator
wie Fliegen starben?
Ihr werdet keine Antwort haben.
Und es wird still
um euch werden, und
der Mantel des Schweigens,
den ihr wortreich
über Hunger und Krieg
gebreitet habt,
fällt schweigend
dann auf euch zurück.

Bekenntnis zu mir selber

Ich bin ich.
Nicht in Computern zu speichern.
Nicht in Samenbänken zu konservieren.
Ich bin nicht spaltbar wie das Atom.
Nicht kopierbar wie dieses Gedicht.
Ich bin, wer immer ich bin.

Ich bin ich.
Ich bin mein Eigentum,
das mich verpflichtet
zur Hingabe in Liebe
und in Solidarität.

Ich bin kein Herr.
Ich bin kein Sklave.
Ich bin ich.
Ich bin wir:
der milliardste Teil
der Menschheit.

Ich will:
Fühlen, was ich bin.
Denken, was ich fühle.
Fühlen, was ich denke.
Tun, was ich sage,
und will sein,
was ich werde.

Ich bin ich,
bin der subjektive Faktor,
der die Welt aus den Angeln hebt,
bin der stete Wandel,
bin die permanente Revolution,
bin der unspaltbare Kern
und die alternative Energie.
Ich bin jedermann
und bin niemand
außer mir selber.
Ich bin ich.

Warum ich so einseitig bin

Daß ihr's wißt:
in Lebensfragen bin ich
einseitig. Ich bin einseitig
für Abrüstung und Frieden,
ich bin für einseitige
Abrüstung.

Die Zweiseitigen sagen:
beide Seiten,
sie sagen: einerseits
und: andererseits
und außerdem,
und meinen, keine Seite
soll Ernst machen
mit dem Frieden.

Ich will den Frieden:
jetzt
und will ihn ungeteilt
und ewig.
Ich will den Frieden:
hier,
will ihn da, wo
ich lebe, will ihn
in meinem Land, will ihn
von meiner Regierung.

Und was ich will,
das will ich ganz
und will ich nicht
nur halb.
Ich will nicht halb
im Frieden sein
und halb im Krieg,
ich will nicht halb
am Leben und halb
ein Toter sein.

Ich bin einseitig,
ich habe nur die Wahl
zwischen dem atomaren
Erstschlag und dem ersten
Schritt zur Abrüstung.

Ich bin einseitig
für den menschlich aufrechten
Gang, ich bin einseitig
für den ersten Schritt
vor dem zweiten, ich bin
dafür, daß wir endlich
beginnen, einseitig Frieden
zu machen, damit aus
dem einseitigen
ein zweiseitiger, aus
dem zweiseitigen endlich
ein vielseitiger,
allumfassender,
weltweiter
Frieden werde.

Vaterlandsloser Geselle

Mein Vater
hatte kein eignes
Land, er hat mir
darum auch kein
Vaterland vererbt.

Als vaterlands-
loser Geselle
überlasse ich
die Vaterlands-
verteidigung
lieber denen, die
über genügend
Landbesitz
verfügen.

Ich selber
hätte im Ernstfall
nicht einmal
genügend Land,
um meine Leiche
auf eigenem Grund
zu beerdigen.

Unsere Zeit

Millionen Jahre
waren, eh es mich gab.
Jahrmillionen
werden nach mir sein.
Irgendwo in ihrer Mitte
gibt es ein paar
Sommer und Winter,
in denen es Tag wird
und Nacht für uns
auf dieser Erde
irgendwo in der Mitte
zwischen Sirius
und Supernova:
das ist unsere Stunde.
In diesem Augenblick
stehe ich früh um sechs
vor dem Tor III der
Hamburger Flugzeugwerke
und halte das Weltall,
halte das Flugblatt
in meinen Händen.

Auf Albrecht Dürers Kupferstich »Ritter, Tod und Teufel«

Die großen Kämpfe
liegen hinter uns, noch
größere stehen
uns bevor.
Wir sind unterwegs
von einer Front
zur nächsten.

Auf dem Wege,
zwischen den Kämpfen,
bist du streckenweise
sehr allein. Du
mußt dich allein
durch das Gestrüpp
der Widersprüche
schlagen.
Im Gewande von Vertrauten
umschmeicheln dich
neue Feinde
mit sehr alten Namen,
Einsamkeit,
Trauer,
Müdigkeit.
Sie wisssen, wo du
am verwundbarsten bist.
Wehrlos fühlst du
dich, Kampferprobter,
ihnen ausgeliefert.

Manch einer
hat unterwegs einfach
die Augen zugebunden
und irrte so
vom Weg ab: sieh
darum, Genosse,
auch den Gefahren
ins Auge, die
uns zwischen den Kämpfen
drohen.

Was mir die BRD bedeutet

Was ist die BRD für mich?
Eine Abkürzung, eine Karte, eine Fahne
mit einem Drittel Rot, das ist die BRD
für mich – und die Wohnung im dritten Stock
an der Eppendorfer Landstraße in Hamburg,
die mir nicht gehört und für die ich
dem Hauswirt viel zu viel Miete zahlen muß,
der freundliche Stadtteil am Rande
einer großen Stadt, mit Kneipen, Parks
und verspielten Boutiquen, der Blick
aus dem Wohnzimmer über die Straße
und die »Friedenseiche« auf dem Marktplatz,
das ist die BRD für mich, mehr nicht
und auch nicht weniger, die netten
Verkäuferinnen aus dem »Samt-und-Sonders«-Laden
im Erdgeschoß, die Menschen auf der Straße,
die Genossen aus meiner Parteigruppe,
die Freunde aus unserer Friedensinitiative,
die koreanischen Krankenschwestern
aus dem Eppendorfer Krankenhaus,
die türkischen Arbeiterfamilien
im Hinterhof, das ist die BRD für mich:

gottseidank schon lange kein Deutsch-Land
mehr, auf dem besten Weg zum Vielvölkerland
– das ist es, was mir Spaß macht und
Hoffnung gibt –, der Gutenmorgengruß
im Treppenhaus und der Händedruck
des linken Pastors, die Brötchen
vom Bäcker nebenan – und die reichen Villen
an der Elbchaussee, die ihrer Enteignung
entgegenträumen, der Hamburger Hafen
mit tausend Schiffen aus Leningrad
und Schanghai, die Stahlwerke an der Ruhr,
in denen die Wut zu kochen beginnt,
das Bonner Volkstheater, die vom sauren Regen
entlaubten Wälder, die großen Aufgaben,
die wir noch zu lösen haben, die sieben-
oder achttausend Atomsprengköpfe, die
wir zusammen aus der Welt schaffen müssen,
das ist hier und heute die BRD für mich . . .

Abschied von Rendsburg

Wenn ich einmal von
dieser meiner Erde Abschied
nehme, wünsche ich mir,
mein Dahinscheiden sei nicht
anders, als wenn ich auf dem Bahnsteig
in Rendsburg in den Nahverkehrszug
Richtung Jenseits stiege:
zuerst macht der Zug
einen sanften großen Bogen
um die ganze Stadt, klettert dabei
sacht in höhere Sphären,
erlaubt den Fortreisenden
Einblicke in allerhand Stuben,
Werkstätten und Schlafzimmer
und entschwindet endlich
über die im Seemannsgang
daherschreitenden Pfeiler
der Hochbrücke über den Kanal,
der die Welten trennt
und miteinander verbindet,
in holsteinisch beschwingtes Hügelland
voll glücklich fetter Pastorenkühe . . .

Zeitgemäß

Auf seinem Transparent
stand: WIR WOLLEN FRIEDEN.
Der es getragen hat,
ist arbeitslos.

Doch er kämpft weiter,
weil beides zusammengehört:
ohne Frieden keine Arbeit,
ohne Arbeit keinen Frieden!

Umwege der Erkenntnis

»Klettermaxe«
nannten ihn die Kollegen.
Jeden Morgen, während
des Streiks der Stahlkocher,
fand er Mittel und Wege,
überwand er Mauern und Zäune,
um sich Zugang
zu seinem Arbeitsplatz
zu verschaffen.

Als er am zehnten Streiktag
erfolgreich die Streikpostenkette
umgangen hatte und eben
siegreich über den Werkzaun
hinüberhangelte,
brach in ihm eine Welt zusammen:
»Halt, stehenbleiben!«
brüllte ihn ein Werkschutzmann an.
»Ab heute früh sind alle ausgesperrt!«

»Auch ich?« fragte
Klettermaxe betreten.
»Bist du kein Arbeiter?«
brüllte der Werkschützer.
»Scher dich zu denen,
die vor dem Tor stehen!«
So fand am Ende
der Klettermaxe
den Weg zu seiner Klasse.

Eine alltägliche Falschmeldung

Bevor sein Häuschen
in die Luft flog, hatte
der Arbeitslose noch einmal
die Blumen gegossen, seine Tauben
gefüttert und seinem Nachbarn
einen Gruß über den Zaun gerufen.
Dann machte er es sich
auf dem Sofa bequem, um
das rettende Gas
tief einzuatmen.

Er hat seinem Leben
selbst ein Ende gesetzt,
stand am andern Tag
im Lokalteil: eine all-
tägliche Falschmeldung.

Dem Leben des Gelsenkirchner
Arbeitslosen ein Ende
gesetzt hat die Gräfin
Zichy-Thyssen. Sie hat
den Stahlwerker
mit 47 Jahren
auf die Straße,
zum alten Eisen,
vom Leben zum Tod
befördert.

Spätkapitalistischer Sommer

Jetzt haben auch
die Arbeitslosen etwas
vom Sommer; in den Grünanlagen
vor dem Arbeitsamt
sind bunte, bequeme Bänke
aufgestellt, damit
das Schlangestehen auf den Fluren
ein Ende hat.

Hoch über der Adenauerallee
steht die Mittagssonne.
Auf der Ruhebank
am Springbrunnen wartet
eine Gruppe von Türken
auf die Ankurbelung der Konjunktur.
Arbeitslose Lehrer
spielen Schach.
Auf dem Rasen hat sich
ein Stahlarbeiter langgemacht
und träumt, die Bierflasche
in der Hand, von der saisonalen
Belebung des Arbeitsmarktes.

Durch die Wartenden
humpelt ein Gärtner und
sammelt mit der Papierpique
Flugblattfetzen,
Zigarettenschachteln
und Zeitungsreste auf;
er pfeift vor sich hin,
er hat's gut, er hat
Arbeit.

Selbstüberwindung

Wenn ich morgens
aufgestanden bin,
klagte mir
ein Arbeitsloser
sein Leid,
dann hab ich
das Schwerste
schon hinter mir.

Ich sah ihn
zweifelnd an.
Das Schwerste,
versuchte er mir
zu erklären,
ist es für mich,
morgens aus dem Bett
zu kommen, ohne
einen Sinn darin
zu sehen, überhaupt
aufzustehen.

Wider-Wörter

I
Der Frieden
ist vielleicht
nicht alles,
aber ohne Frieden
ist alles nichts.

II
Ich weiß nicht,
ob die Russen kommen.
Ich weiß nur,
die Amerikaner
sind schon da.

III
Wir haben den Generälen
schon zwei Kriege
überlassen. Den Frieden
sollten wir besser
selber behalten.

Anhörung

für Heiner Ahrens

Sehen Sie sich bitte
Ihren Stammbaum an:
einer Ihrer Vorfahren
wurde als Seeräuber
mit Störtebeker zusammen
enthauptet, ein Ururahn
hat als Dithmarscher Bauer
gegen den Bischof aufbegehrt,
Ihre Urururgroßmutter
wurde im achtzehnten Jahrhundert
in Zeven als Hexe verbrannt,
ein Bastard aus Ihrer Familie
verirrte sich auf die Barrikaden
der Achtundvierziger Revolution,
Ihr Großvater war Mitglied des
Kieler Arbeiter- und Soldatenrates,
Ihr Vater saß als Hitlergegner
fünf Jahre im KZ, und Sie
waren erst im AStA und dann
in der DKP und wollen jetzt
Lehrer werden, ausgeschlossen . . .

Telefonseelsorge

Seit Monaten haben
Beamte des Landesamtes
für Verfassungsschutz
mit Fleiß meine Telefongespräche
überwacht –
mit dem einzigen Grund,
herauszufinden,
ob es einen Grund geben könnte,
mich mit gutem Grund
abzuhören.
Gestern abend haben sie
ihn gefunden: ich
war so leichtfertig – ich
hatte ein Glas Wein getrunken –,
in einem Gespräch
mit einem Freund
den Verdacht zu äußern,
mein Telefon werde überwacht.
Mein Mißtrauen
gegenüber unseren Staatsorganen
hat mich hinreichend
verdächtig gemacht: heute
erhielt ich beim Verfassungsschutz
einen ehrenvollen Listenplatz
und stieg aus der Sparte
der illegal Überwachten auf
in die Kartei der Legalen.

Einstellungsgespräch im Jahre 1984

Gewiß, sagte der Personalchef,
Ihre Zeugnisse sind in Ordnung,
aber mit vier hatten Sie Masern,
zwei Jahre später Ziegenpeter,
mit dreizehn haben Sie
pornografische Zeichnungen
ins Klassenbuch gekritzelt,
später wurden Sie dann
in einem Haschlokal erwischt,
Sie haben neunmal falsch geparkt,
haben sich einen Farbfernseher
und eine Kücheneinrichtung
auf Raten gekauft, sind nicht
kirchlich getraut, Mitglied
der IG Metall, haben 1978
einen FKK-Urlaub gebucht,
Sie haben dreimal an Maidemonstrationen
teilgenommen, und Sie sind
einmal mit einer Antikernkraftplakette
gesehen worden, Sie sind
für die Firma Siemens
ein zu großes Sicherheitsrisiko,
Sie können gehen.

Olav Ritzmanns Nachruf

Zum Gedenken an Olav Ritzmann,
der am 25. 8. 1980,
gehetzt von der Polizei,
die Anti-Strauß-Demonstranten
auseinandertrieb,
auf die S-Bahn-Geleise
am Hamburger Sternschanzenbahnhof
stürzte und Minuten später
von einem einlaufenden Zug
zu Tode gedrückt wurde.

Täuscht euch nicht,
ich bin vielleicht nur
ein schmächtiger Kerl,
eben sechzehn Jahr,
aufgewachsen im Heim,
am Rande eures Wohlstands,
großgeworden ohne Liebe.
Meine Wut war groß,
und es war meine
allererste Demonstration,
ich lief als Punker,
am Hals die Rasierklinge,
ich war dabei, als
es ging gegen diesen Arsch
aus Bayern. Ich mußte heulen,
als sie das Tränengas
in den Bahnhof schmissen,
ich lief vor Angst
über die Gleise
in den Tod:

ich bin nur ein schmächtiger
Kerl, ein Anfänger,
aber meine Wut war groß,
darum seid auf der Hut
vor dem Grün, das
über mir wächst
nach meinem Begraben.

Bäume sterben aufrecht

Bäume sterben aufrecht,
aber längst kommen
ihre Todfeinde nicht mehr
mit Äxten.
Bäume werden millionenfach
gefällt mit Motorsägen
und Bulldozern,
sie werden mit Giftgas
entlaubt, mit Bomben
entwurzelt, mit Müllhalden
entsorgt.

Bäume sterben aufrecht
auf dem Bürgerkriegsschauplatz
an der Startbahn West,
sie werden massenweise
niedergemacht, um freie Bahn
zu schaffen für Bomber und Atomraketen.

Bäume sterben aufrecht:
Ich hab die Urwaldbäume Vietnams
fallen sehen. Ihre toten Stümpfe
sahen aus wie menschliche Skelette,
und wo sie gestorben waren,
da gab es endlich
ein freies Schußfeld,
da konnten die Todesvögel
unbeschränkt starten und landen
und Bomben werfen, da hatte
der Tod ein grenzenloses Rollfeld
von Horizont zu Horizont.

Bäume sterben aufrecht.
Wo sie gefallen sind,
sterben die Pflanzen aus,
verenden die Tiere,
ersticken zuletzt die Menschen.

Friedensspiele

Die Kinder im Hof
spielten Krieg,
sie spielten ihren Krieg
laut und schrill.

Vom Fenster aus
rief ich ihnen zu:
Spielt doch mal Frieden!
Ich hoffte, sie würden
dann weniger Lärm machen.

Die Kinder unten
im Hof waren begeistert:
Laßt uns Frieden spielen!
brüllten sie wie
aus einem Munde.

Und überlegten,
was zu tun wäre,
rätselten und stritten
sich schon wieder,
und dann rief

ein Dreikäsehoch
herauf zu meinem Fenster:
Onkel, wie spielt man Frieden?
Ich gestehe es: ich
wußte auf die Frage des Jungen
keine Antwort, und darum
gebe ich die Frage
an euch weiter:
Wie spielt man Frieden?

Die Spielzeugbombe

Die Kegelhofstraßenkinder
spielen im Sand. Sie backen
Kuchen, sie bauen mit ihren Holzbaggern
Burgen, sie schleppen in Spielzeugeimern
Wasser für einen Staudamm heran.
Sie zanken sich, ein Dreikäsehoch
weint, Oma Bolten tröstet ihn,
er lächelt wieder und spielt
weiter.

In einem Bunker
bei Washington betreibt
der amerikanische Generalstab
ein Sandkastenspiel. Die Senatoren
zögern, die Generäle und die Bosse
drängen auf eine rasche Entscheidung,
noch einmal werden alle denkbaren Folgen
erwogen, dann entschließt sich
der Präsident zu handeln: er befürwortet
den Einsatz der Superwaffe.
Die Neutronenbombe
tötet nur das Leben. Der Spielplatz
in der Kegelhofstraße bleibt unversehrt.
Die Bagger, die Plastikeimer,
die Burgen, die Kuchen, der Staudamm
aus Sand, alles bleibt heil,
nur die Kinder und Oma Bolten
sind mit einem Schlage nicht mehr da.

Osterchoral 1980

Geh aus, mein Herz, und suche Freud –
es bleibt dir kaum noch Zeit,
am Grünen dich zu laben.
Schau an der schönen Gärten Zier
und sieh, wie Blume, Baum und Tier
kaum Raum zum Leben haben.

Noch stehn die Bäume voller Laub,
doch die Fabrik senkt Gift und Staub
herab auf Wald und Heide.
Narzissen und die Tulipan,
die weichen bald der Autobahn,
zum Parkplatz wird die Weide.

Noch singt die Lerche früh und spät,
bis ihr das Lied vergeht
überm Bundeswehrgelände,
und Düsenjäger-Überschall
macht dem Gesang der Nachtigall
ein schnelles, kaltes Ende.

Wir alle wolln nicht länger ruhn –
ein jeder muß das Seine tun,
denn groß sind die Gefahren.
Ich singe mit, wenn alles singt,
und hoffe, daß es uns gelingt,
Frieden und Natur zu wahren.

An die Lerche

Auf den Flügeln
des Gesangs
schwingt sich
die Lerche in den Himmel.

Frühlingsvogel,
wie hoch mußt du
steigen,
um nicht
mit uns
unterzugehen,

und wohin willst du
fliegen,
wenn selbst
die Wolken
verdampft sind?

Der eigene Weg

Sag nicht, du
müßtest ein Widerstandskämpfer
in Santiago sein, um
nachts Plakate
an die Mauern zu kleben.

Sag nicht, du
müßtest ein Sandinist
in Nikaragua sein,
um dich nach Feierabend
über dicke Bücher zu beugen.

Sag nicht, du
müßtest ein schwarzer Minenarbeiter
in Johannesburg sein, um
vor Tagesanbruch vor dem Werktor
Flugblätter zu verteilen.

Mein Freund,
die schmutzigen Wasser der Elbe
münden nicht in den Amazonas,
nicht in den Sambesi
und nicht in den Roten Fluß.

Jeder Fluß hat
seine eigene Quelle,
seinen eigenen steinigen Weg
und seine eigene Mündung
in den großen Ozean.

Jedes Land
hat seine eigene Revolution.

Rechtes Dilemma

»Ausländer raus!«
schrieb ein rechter Deutscher
auf einen Bauzaun
in Kaiserslautern.

Den Zaun, auf den er
seinen Haß versprühte,
hatten Türken aufgebaut.

Die Sprühdose stammte
aus Herberts Lackfabrik
in Wuppertal, in der seit
zehn Jahren nur noch
ausländische Arbeiter
beschäftigt sind.

Die Jeans, die er
trug, waren echte Levis,
von asiatischen und afrikanischen
Näherinnen in amerikanischer
Lizenz in Krefeld
angefertigt.

Als der rechte Deutsche
seine ausländerfeindliche Parole
vollendet hatte, kreuzte
eine amerikanische Militärstreife auf
und verhaftete den Schmierer
wegen antiamerikanischer Umtriebe:
er hatte übersehen, daß
der Bauzaun vor einer neu
errichteten NATO-Dienststelle stand.

Atomwaffenfreier Schrammsweg

Es fing böse an: Ich kenn den Russen,
riß der Mann die Tür auf, der Russe
ist wie ein Bär, brummte er und knallte
mir die Tür vor der Nase zu.
                                        Ein Stockwerk
höher holte ich mir Trost. Die junge Frau
war noch im Nachthemd, sie bat mich
an den Küchentisch, und während mein Blick
verwirrt ihren Ausschnitt hinunterglitt,
unterschrieb sie ungehemmt den Aufruf
für ein atomwaffenfreies Hamburg.
                                                    Ob ich
auch kein Kommunist wär, wollte der Mann
nebenan von mir wissen. Um Gottes willen,
hob ich meine Hände, ich bin es, waschecht,
vom Scheitel bis zur Sohle . . . Der Mann kam
ins Schleudern: Ein so netter Mensch wie Sie!
Er wußte sich nicht zu helfen und sah
keinen anderen Ausweg, als mein Flugblatt
zu unterschreiben.
                              Im nächsten Haus sagte
die alte Frau im Erdgeschoß: Ich unterschreib
nichts! Als ich das letzte Mal was unterschrieben
hab, bekam ich hinterher jede Woche
eine schmutzige Zeitung ins Haus geliefert!
Passen Sie auf, liebe Frau, daß Sie demnächst
keine Atomrakete ins Haus geliefert bekommen,
hab ich mich von der kopfschüttelnden Dame
verabschiedet.

Hauen Sie mir bloß ab
mit Ihrem Scheiß-Frieden, hat mich die nächste
abgefertigt, mein Mann kommt jeden Abend
besoffen nach Haus, und wenn ich ihn dann
zur Ruh gebracht hab, hab ich genug getan
für den Frieden!
Ihr Nachbar schnauzte mich an:
Frieden? Arbeit will ich, Arbeit! Versteh ich,
hab ich ihm zugestimmt, aber darum gleich
Krieg! Gibt's wenigstens Arbeit, raunzte er,
und ich hab hinzugefügt: Für Totengräber,
Sargtischler und Pastoren. Am Ende
unseres unfreundlichen Gespräches hat er
unterschrieben: murrend.
Zwei türkische Brüder
haben mir auch ihre Unterschrift gegeben:
Nazim Hikmets Name und mein Abzeichen
»Völkerfreundschaft statt Ausländerfeindlichkeit«
haben rasch das Eis gebrochen.
Eine junge Frau
schenkte mir Kaffee ein und gab mir ein Stück
Kuchen und die Unterschrift. Sie ist Volkskundlerin
und schreibt, mitten in der Großstadt, an
einer Doktorarbeit über den Dorfklatsch: ihr
zu Gefallen hab ich diese Ballade aufgeschrieben,
die davon ein Lied singen soll, wie wir
Tür für Tür den Schrammsweg in Hamburg-Eppendorf
mit solider Zweidrittelmehrheit
zur atomwaffenfreien Zone gemacht haben.

Mutprobe

Vom tapferen Widerstand
des siebzehnjährigen Helmut Hübener
gegen die Nazibarbarei
berichtete ein Lehrer,
der das Berufsverbot
nicht fürchtete,
seinen Schülern.

Wer würde in ähnlicher Lage dasselbe tun wie
Helmut Hübener? fragte
der Lehrer.

Alle hoben ihre Hände,
bis auf einen:
der zögerte.
Warum? fragte der Lehrer.
Ich weiß nicht, ob
ich genug Mut hätte.

Tollkühner Bursche!
Der allein, Freunde,
hätte das Zeug
zu einem Helmut Hübener,
der hatte Mut genug,
sich zu seiner Mutlosigkeit
zu bekennen.

KZ-Besuch

Niemand peitscht mich
durchs Tor, mich bringt
kein Transport, ich
bin aus eigenem Antrieb
hierhergekommen.

Es ist still:
keine Stiefel,
kein Schrei,
keine Kommandos.

Die Zäune sind
ungeladen, aus den Öfen
steigt kein Rauch.

Die Steine reden
nicht, die Asche
ist verweht.

Selbst die Toten
sind tot. Hier gibt es
nichts mehr zu tun,
hier nicht.

Unser Posten
ist draußen, vor
den Toren
des KZ.

Zum Gedenken an die Kinder vom Bullenhuser Damm

Komm, meine Tochter,
ich will dir die Schule
am Bullenhuser Damm zeigen –
sie ist eine Schule, wie hierzulande
noch viele Schulen aussehen:
halb Kaserne und halb Kloster.
Die Ziegel, die Flure und der Geist,
der durch sie geht, sind noch
aus Kaisers Zeiten.
In den Klassenzimmern
ist wenig Licht, manche Fenster
sind sogar vergittert.

Du sagst, das ist doch lange her.
35 Jahre ist das her.
Nein, meine Tochter, für mich
ist das nicht so lange her.
Ich war damals sechs Jahre alt,
und wäre ich zufällig,
es hätte doch sein können,
ich habe mir meinen Vater
nicht ausgesucht, wäre ich
zufällig ein Judenkind gewesen,
wäre ich schwarz gewesen wie du,
dunkelhäutig wie deine Mutter,
so hätten sie auch mich gegriffen,
deine Mutter hätten sie zuerst gegriffen,
und sie hätten auch dich gegriffen,

sie hätten uns auf Viehwagen
quer durch Europa transportiert,
sie hätten mit uns ihre Spielchen
und ihre Experimente gemacht,
wir wären lebensunwertes Leben gewesen,
Versuchskaninchen wie die Kinder
vom Bullenhuser Damm.

Hätten, sagst du, hätten – aber
heute kommt so etwas nicht mehr vor.
Du irrst, meine Tochter.
Hast du im Fernsehen nicht erst
jetzt die Haufen erschlagener Kinder
in Kambodscha gesehen? In Soweto,
Südafrika, das ist gerade
fünf Jahre her, schoß die Polizei
in eine Gruppe schwarzer Schüler
und ermordete mehr als dreißig
von ihnen, Schüler, die nicht älter
waren als du. Hast du von My Lai
gehört, von dem Dorf My Lai in Vietnam?
Kurzen Prozeß machten die Soldaten
mit den Vätern, den Müttern
und den vielen Kindern des Dorfes,
sie töteten alle, mehr als
dreihundert, nur eine Elfjährige,
das Mädchen Vo thi Lien, ließen sie
zufällig am Leben. Und weißt du,
was 1963 in deiner Heimat geschah,
in Birmingham in Alabama? Ku-Klux-Klan-
Männer warfen eine Bombe
in eine schwarze Sonntagsschule,
und vier Mädchen, so jung,
so schwarz, so schön wie du,
waren auf der Stelle tot.

Nein, meine Tochter, wir dürfen
die ermordeten Kinder nicht vergessen,
die Kinder aus Kambodscha nicht,
die Kinder aus Soweto nicht,
die Kinder von My Lai, die tausend
Kinder nicht, die Tag für Tag
auf der Welt an Hunger sterben,
und die Kinder vom Bullenhuser Damm nicht.
Sie waren zwanzig, waren
eine ganze Schulklasse, waren
Mädchen und Jungen aus halb Europa,
sie sprachen, als kämen sie
von den Ufern Babylons, sprachen
in allen Zungen dieser Welt
und trafen sich immer wieder
in einem Wort, und das
hieß: Angst.

Sie hatten Angst,
Angst vor dem Arzt
im weißen Kittel, der ihnen
die Spritzen gab, Angst vor
dem Hunger, der ihnen die Besinnung
nahm, Angst vor der Gaskammer:
mit dieser Angst waren
sie großgeworden.
Sie hatten viel vom Leben gesehen:
mit ihren sechs, sieben, neun,
elf oder zwölf Jahren
kannten sie den Tod schon,
kannten ihn wie einen guten Nachbarn,
er war ihnen überall begegnet
und war ihnen nach überall gefolgt.

Als Gewehrkugel war er ihnen
um die Ohren gepfiffen,
als elektrischer Strom kam
er im Stacheldraht an ihnen
vorbeigeschossen, haarscharf
an ihnen vorbei, als Haut- und Knochenmann
stand er ihnen tausendfach
gegenüber: der Tod,
ein Meister aus Deutschland.
Sie hatten ihn gerochen,
als ihre Väter und Mütter
verbrannt wurden, sie hatten ihn
geschmeckt, als sie vor Hunger
nichts mehr schmecken konnten,
sie hatten ihn in Gestalt
von Todesbazillen unters Herz
gespritzt bekommen: der Tod
war ein Geschwür an
ihrem eigenen Leibe.
Sie hatten auch Angst,
als sie am Abend des 20. April 1945
– die Kinder in Deutschland
hatten schulfrei wegen des Geburtstages
des Meisters aus Deutschland –
aus ihrer KZ-Baracke in Neuengamme
mit einem Postauto in die Schule
Bullenhuser Damm transportiert wurden.
Sie zitterten am ganzen Leibe
und hatten keinen Wunsch mehr,
als sich vor dem Tode noch einmal
richtig satt zu essen, noch einmal
richtig warm zu werden von innen her,
noch einmal so richtig
in den Arm genommen zu werden.

So wurden sie in den Heizungskeller
geführt, in den weißgekalkten
kalten Keller mit den Rohren,
in dem früher die Kinder
zum Nachsitzen eingesperrt wurden.

Es war die einzige Stunde,
die diese Kinder jemals
in einer deutschen Schule
verbracht haben, und dauerte doch
viel weniger als eine Stunde
und dauerte doch eine Ewigkeit.
Die Kinder, Alexander
und Marek, Eduard,
James und Desmonie,
Georges und Jacqueline,
Sergio, Lelka und Rachel
und die anderen – von denen wir
nicht einmal die Vornamen wissen,
nur ihre Versuchsnummern,
ihre Röntgenbilder,
ihre Fieberkurven,
ihre Untersuchungsbilder
und ihren Blutbefund
haben die Todesärzte
aufbewahrt – sie wurden
nicht hingerichtet,
sie waren ja noch Kinder,
sie wurden nur auf Pritschen gelegt,
wurden mit Morphium betäubt,
und dann wurden sie
der Reihe nach
aufgehängt,
sie wurden an den Heizungsrohren
aufgehängt, immer zu zweit,
wie Kaninchen hingen sie da,

sie waren ja auch nur Versuchskaninchen
der SS-Ärzte und waren
lebensunwertes Leben.
Und wurden schon nach fünf Minuten –
das reicht, um ein Kinderleben,
um eine Hoffnung auf ein besseres Leben
auszulöschen – wieder abgehängt
und wurden abtransportiert
und wurden vielleicht verbrannt
und wurden nie begraben
und haben keinen Grabstein
außer dem Schornstein,
der über der Schule
am Bullenhuser Damm raucht.

Und mit ihnen aufgehängt
wurden so wie bei Jesus, als
er am Kreuz hing, vier Krankenpfleger,
die den Kindern bis zuletzt
geholfen hatten, und noch einmal
24 russische Kriegsgefangene,
damit es später heißen konnte:
wir haben nicht nur Kinder umgebracht,
wir haben auch die Erwachsenen
nicht geschont, wir haben
ganze Arbeit geleistet,
Juden und Russen,
Männer und Frauen,
Alte und Junge, wir haben
sie alle um die Ecke gebracht.

Du weinst, meine Tochter.
Ja, weine nur, doch weine nicht
nur über die Kinder,
weine auch über
dieses Land und über seine Gerechtigkeit.

Richter gibt es hierzulande,
die haben die Mörder der Kinder
vom Bullenhuser Damm
bis heute frei herumlaufen lassen,
die haben einen von ihnen
sogar mit 120 000 Mark entschädigt,
sechstausend für jedes tote Kind,
aber der Kerl hat noch viel mehr
auf dem Gewissen, seine Blutspur
zieht sich durch alle Todeslager
der Nazis, aber sie haben ihm
bescheinigt, daß er »den Kindern
über die Vernichtung ihres Lebens hinaus
kein weiteres Übel zugefügt
und ihnen seelische und körperliche
Qualen erspart hat«. Darüber,
über solche Richter,
dieselben Richter, die euren Lehrer
entlassen haben und einen Schokoladendieb
ins Gefängnis werfen, wollen wir
weinen, und doch nicht nur bloß heulen,
wir wollen unsere Trauer
in Wut verwandeln
und in Widerstand.

Südafrika

Südafrika ist weit,
so weit wie der Hauswirt,
der nicht an Ausländer,
»Neger« und kinderreiche
Familien vermietet,
Südafrika ist so weit
wie die nächste Niederlassung
der Firma Siemens, die
am Kap der Guten Hoffnung
die besten Gewinne macht.

Südafrika ist weit,
ist so fern, wie einem
altgedienten Nazigeneral
die Erklärung der Menschenrechte
liegt, Südafrika ist nicht
weiter als das Dorf
in der Lüneburger Heide,
das Zigeuner und Landstreicher
wie räudige Hunde davonjagt.

Südafrika ist weit,
es liegt auf halbem Wege
zwischen Auschwitz und Alabama,
Südafrika ist weit:
bei uns gibt es kein Soweto,
wir haben ein Obdachlosenasyl,
bei uns gibt es keine Apartheid,
wir haben nur Züge
erster und zweiter Klasse, und wir haben
eine Dreiklassenschule,
es gibt Unterschiede.

Südafrika ist weit,
es liegt gleich um die Ecke,
bei McDonalds: dort ist
der Boß ein Amerikaner,
der Abteilungsleiter spricht
deutsch, die Serviererinnen
kommen aus Süditalien,
und in der Küche arbeiten
illegal eingeschleuste
Nigerianer, sie arbeiten
vierzehn Stunden am Tag,
arbeiten für zwei
und bekommen die Hälfte:
das ist das Modell
Südafrika, aber es ist
eine Idylle gegenüber
den Fabriken Johannesburgs.

Südafrika ist weit:
es liegt vor unserer
eigenen Haustür.

Rassismus

Hör auf zu heulen,
sonst kommt
der schwarze Mann,
sagt die Mutter
zu ihrem Kind
in Dortmund,
und das Kind
schweigt still
aus lauter Angst
und weiß doch nicht,
warum es den Mund
halten soll.
Hör auf zu heulen,
sonst kommt
der weiße Mann,
sagt die Mutter
zu ihrem Kind
in Soweto,
und das Kind
schweigt still
aus lauter Angst
und weiß nur zu gut,
warum es mucksmäuschen-
still sein muß.

Schwarzer Schrei

Wir sind eure Kohle,
ihr weißen Herren, ihr grabt
eine Grube bis hinab
in unser Herz.

Wir sind nichts als Kohle,
ihr weißen Herren, und ihr
verheizt uns, damit wir
eure Maschinen in Bewegung halten,
damit eure Öfen rauchen,
damit eure Häuser warm sind
im Winter und eisgekühlt
in der Glut des Sommers.

Wir sind für euch
nichts als Kohle und Abraum,
ihr beutet uns aus bis aufs Blut,
ihr räuchert uns aus
wie Ungeziefer. Wir verbrennen
am lebendigen Leibe,
wir brennen wie Fackeln.

Wir sind Kohle,
ihr weißen Herren,
wir wollen eure Kohle sein,
wir brennen vor Wut.

Brief aus Mali nach Westeuropa

Ich war hungrig,
aber ihr habt unsere Nahrungsmittel
an euer Vieh verfüttert,
damit ihr jeden Tag
euer saftiges Steak habt.

Ich war hungrig,
aber eure Konzerne bauen dort,
wo wir früher Reis geerntet haben,
die Ananas für euren Nachtisch an.

Ich war hungrig,
aber ihr habt das Öl
von unseren Palmen außer Landes
geschafft, um damit
eure Maschinen und Motoren zu schmieren.

Ich war hungrig,
und ihr habt unsere Hirne
vollgestopft mit Freiheitsphrasen,
aber mein Magen
ist leer geblieben.

Ich war hungrig
und habe vor Hunger geschrieen.

Da habt ihr uns
mit Millionen Tonnen Weizen
überschüttet, so daß
unsere Bauern auf ihren Yamswurzeln
sitzenblieben. Jetzt sind
unsere Felder verdorrt, und wir
sind abhängig von den Abfällen
und Überhängen eurer Weizenberge.

Ich bin hungrig,
hungriger als je zuvor.

Karfreitag

Mein Gott, mein Gott,
warum hast du mich verlassen?
Wie ein geprügelter Hund
stehe ich geduckt
in der Schlange
vor dem Wohlfahrtsamt
deiner eigenen Stadt Detroit
und schreie wie ein Dürstender
in der Wüste
nach Arbeit . . .

Mein Gott, wie
ist mir kalt. Wie
ein getretenes Tier
verkrieche ich mich
auf dem Schuttablagerungsplatz
vor den Toren Rios,
und dein Statthalter
auf Erden fährt
im kugelsicheren Wagen
vorüber, ohne mich
eines Blickes zu würdigen.

Mein Gott, warum hast du
mich verlassen? Ich fahre hinab
in die Goldgruben Johannesburgs,

und mit bloßen Händen
grabe ich tief unten im Schacht
nach den Münzen, mit denen
du meinen Verräter Judas
bezahlst. Von Sonnenaufgang
bis -untergang bin ich
unter der Erde, und ein weißer Mann,
der ununterbrochen deinen Namen
im Munde führt, prügelt
auf mich ein wie
auf einen Esel.

Mein Gott, mein Kreuz
ist mit Elektroden gespickt,
und sie jagen mir
Stromstöße durch den Leib
von der Zunge bis zu den Hoden.
Die Folterer versuchen,
die Namen meiner Genossen
aus mir herauszupressen,
und sie ritzen mit ihren Messern
ein C in meinen Bauch,
C wie Christ oder Communist.
Ich schreie nach dir,
mein Gott, aber sie setzen
ihr Messer noch
tiefer an, als gelte es,
ein Schwein zu schlachten.

Mein Gott, warum hast du
mich verlassen? Mein Leib ist
strahlenverseucht
seit dem Blitz von Hiroshima,
meine Organe wachsen
zu gewaltigen Geschwüren,

Aussatz bedeckt wieder
meinen Leib, und meine Hand
ist schon verdorrt.

Mein Gott, mein Gott,
warum hast du mich verlassen?
Die Welt ist kalt und leer,
dein christliches Abendland
eine Räuberhöhle, seit du
gen Himmel gefahren bist
und mich alleingelassen hast.
Ich bin allein.
Allein auf mich gestellt.
Allein muß ich meine Fesseln
lösen, allein muß ich
das Kreuz abwerfen, das
du mir auf die Schultern
gelegt hast. Aus eigener Kraft
will ich mich endlich
befreien . . .

Joe Hill

Joe Hill ist lange tot.
Sie haben ihn mit drei Kugeln
zur Strecke gebracht.
Doch wenn nach Feierabend
schwarze und weiße Genossen
zu uns kommen und wir
das Truthahnviertel
und den Rest der Welt
unter uns aufteilen,
dann diskutiert
und trinkt
und singt mit uns
Joe Hill.

Joe Hill ist lange tot.
Sie haben seinen Zorn
und seinen Leichenrest
in alle vier Winde getragen.
Doch wenn in Utahs Bergen die Eichen
miteinander flüstern,
wenn sie zornig ihre Häupter
schütteln und sich
gegen den Nordwind stemmen,
dann rebelliert
und singt
und schwingt mit ihnen
Joe Hill.

Joe Hill ist lange tot.
Und alle Schul-
und Geschichtenbücher
schweigen den Rebellen tot.
Doch solange Paul Robesons Baß
ertönt, solange Angela
ihre Stimme erhebt,
solange Amerikas Arbeiter
um ihre Rechte kämpfen,
streiken und sich organisieren,
jubiliert
und singt
und winkt mit uns
Joe Hill.

Unterwegs zu Martin Luther Kings Grab

Wir haben lange nach deinem Grab
suchen müssen.
Im gleißenden Licht der Peachtree-Street
gab es kein Hinweisschild,
keine Postkarte,
keinen Polizisten,
der Auskunft geben konnte,
keine Andeutung bis
auf die Losung an den Bauzäunen
»Nigger, go back to Africa«
und ein Wachsfigurenkabinett
mit dir als einzigem Schwarzen
unter 99 Weißen.

Meine Frau erzählt:
Wenn wir früher nach Atlanta wollten,
machten wir vor den Toren der Stadt
ein Picknick und hockten uns
allesamt ins Gebüsch,
weil es drinnen für uns Schwarze
kein Restaurant und
nicht einmal eine Toilette gab.

Endlich der Hinweis
eines schwarzen Gepäckträgers
vor dem Grandhotel:
Ihr findet sein Grab links unten.
Und so gingen wir deinen Weg
hinab in die Armut,
in den Unrat der Ghettos,
in die Arbeitslosigkeit,

ins Verbrechen,
in die Apartheid Sowetos,
und fanden im Dunkel,
im Lichtschatten der Wolkenkratzer,
dein Grab,
die ewige Flamme,
ein Licht, das in der Finsternis leuchtet,
und die Inschrift:
»Frei, endlich frei! Ich danke
Gott dem Allmächtigen, daß er
mir endlich Freiheit gab!«
Daneben die Ebenezerkirche,
in der du das Brot gebrochen hast
mit deinen Brüdern und Schwestern.

Prostituierte hielten dir
die Ehrenwache,
Marihuana-Raucher brachten dir
ihr Opfer dar,
Polizeisirenen verkündeten
das Weltgericht.

An deinem Grabe versammelt
war das ganze Elend
Schwarzamerikas,
und über dem Grabesrand
hockte der Aufstand.

Kaum einen Steinwurf weiter
schweben die Fahrstühle
des Hilton-Hotels
wie blaue Gondeln
auf und nieder,

schreiben die Leuchtreklamen
unaufhörlich
die Segnungen von Coca-Cola und Konsorten
in den Nachthimmel,
halten deine Mörder
in den Glaspalästen
von United Trust,
der Nationalbank
und des Life of Georgia
immer noch ihre Gewehre
im Anschlag.

Das McCoy-Tiner-Sextett

Sie fangen leise an –
    komm, mach mir ein Lied
    aus Stille,
    komm, mach die Stille
    zum Lied ...
Sanft,
dumpf
dröhnt das Tamtam,
Afrikas dunkle Stimme.
Wir waren Sklaven,
wurden wie Pökelfleisch
tonnenweise
von Afrika nach Amerika
verfrachtet ...

Hört unsere Trommeln!
Das ist unsere Geschichte:
    ein Segelschiff,
    eine Kette,
    eine Peitsche,
    ein Schmerz,
    eine weiße Hand,
    ein Sklavenmarkt in New Orleans,
    ein Baumwollfeld
    in Alabama.
Hört unsere Geschichte!
Sind wir das wert?
Was sind wir wert?
Sind wir wertlos?
Sind wir ehrlos?

Wehrt euch!
Wehrt euch, Brüder!
Hört euch das an,
wie der die Trommel schlägt
und schlägt
und schlägt ...

Wir wurden geschlagen
mit Peitschen,
mit Pauken und Trompeten
wurden wir geschlagen,
doch wir schlagen zurück:
Wir haben die Pyramiden gebaut,
wir gießen,
wir biegen,
wir schmieden
den Stahl für Amerikas Panzer,
die Glaspaläste
von Uncle Sam ruhen
auf unseren Schultern!

Wir sind Afrikas
dunkle Stimme, schwarz
wie die Nacht, bevor
der Morgen graut, schwarz
wie das Herz von Afrika ...
Ein Zwischenton:
die Flöte flüstert,
zärtlich schluchzt die Violine,
ein Seufzer,
ein Hauch
von einem Ton ...

Die Triangel,
das Saxophon,
von Ton zu Ton
sich steigernde Erregung,
das Schlagzeug:
    ein Aufheulen,
    ein Aufjauchzen,
    ein Aufschrei,
    Schrei, Schrei, Schrei
    der Unterdrückten.

Wir sind Afrikas
dunkle Stimme, wir sagen
Amerika den Kampf an,
wir schlagen zurück . . .

Siegreich
    tönt die Trompete,
    der Tubaton
    des Weltgerichts:
Amerika,
Amerika,
deine letzte Stunde
hat geschlagen,
Tag des Zornes:
    Jüngster Tag . . .
    Morgenstille, komm,
    mach mir ein Lied
    aus Stille.

Wir haben einen Traum,
frei zu sein,
endlich frei,

wir haben unseren Traum,
frei zu sein,
        und eine Stille
        wird sein an jenem
        hellen
        schönen
        klaren
        Morgen

wird eine Stille sein,
und nur das Flüstern der Liebenden,
        dein Kuß,
        dein süßer Mund
        wird noch
        zu hören sein.

Die dialektischen Genüsse Manhattans

An der 44. Straße
gibt es seit neustem
eine original-afghanische
Opiumhöhle: der Besitzer
stammt aus fürstlicher
Familie und wurde erst
vor ein paar Wochen
des Landes verjagt.
Zwei Ecken weiter
ein vietnamesisches
Spezialitätenrestaurant,
das gesottene Chow-Chows
auf Saigoner Art serviert,
der Chefkoch war einmal,
vor dem Fall Saigons,
ein hochdekorierter
Armeegeneral. Der Inhaber
des Bohemien-Cafés
an der 83. Straße
nennt sein populärstes
Gedeck noch immer
»Prager Frühling«.

Ich ließ mir
die Dialektik
des revolutionären
Weltprozesses
auf der Zunge
zergehen und stieß
mit Woody Allen an
auf den Tag, da
Franz-Josef Strauß
im World Trade Center
ein bayrisches Bierzelt
eröffnet.

Een Landsmann

In Cleveland, Ohio,
annen Erie-See, hebbt
de Minderheiten de Mehrheit:
swatte und witte,
rode und gele Minschen
wohnt tohop in Slums
and Ghettos, und se kohmt
ut Afrika und von Mexiko,
ut China und Japan, kohmt
ut all Ecken von Europa, und
se kohmt, last not least,
uck ut old Germany.

In de dütsche Kolonie
gif dat massenwies Sauerkraut
and Pumpernickel, Räucherschinken
and Bismarckhering, Recht
und Ordnung gif dat satt.

An »Weber's Delikatessen« sah ick
dat Schild »Wi snackt platt«.
Ick güng rin, säh »Hummel-Hummel«,
and the boss said »Mors-Mors!«.
He het Heinbockel, sien Vadder keem
von Husum, und he snack
een seltsahm mixture
ut Amrikonsch, Freesisch
und Hamborger Platt.

Sien Sprook weer international –
man siene Ansichten, de
weren mehr als provinziell,
de weren kriminell
und stünken as seven years
old Sauerkraut.

Wo dat Hat hinhört, dor
harr he eenen Knopp:
»I'm proud to be white« –
ick, Fründs, heff mi schohmt
und heff em de Dör toknallt.

Abschied von Pittsburgh

Die Luft ist wie eine warme Decke,
sie ist voller Sehnsucht,
die Zeit, eine schwarze Frau,
wendet mir noch einmal ihr Gesicht
zu und wendet sich schon ab:
sad to say, I am on my way.

Ich fahre fort, ich ändere
meine Adresse, ich gebe
die Bücher zurück: won't
be back for many a day.

Die Straße lärmt,
der Verkehr rollt,
Menschen hasten an mir vorüber:
my heart is down,
my head is turning around.

Die Koffer sind gepackt,
die letzten Worte gewechselt,
alle Tage waren reich,
alle Tage waren vollgefüllt,
schweren Herzens schließe
ich die Tür: I left a little girl
in Pittsburgh town.

An Liz

Ich hab dich
geliebt, längst
eh ich dich kannte.
Überall
und immerfort
hab ich dich
gesucht.

Als du kamst,
war keine Frage
mehr, war kein Suchen,
war nur Gewißheit.

Du bist, was
mir fehlt.
Ich empfange
mein Leben
aus deiner Hand.

Gefunden

Ein samtweicher Altweiber-
sommertag, so weich, daß er kaum
in unsere Landschaft
und diese Welt hineinpaßte.
Wir lagen irgendwo
hinter den Harburger Bergen
und hatten uns lieb,
sehr lieb. Und gierig
soffen meine Augen sich satt
an Laub und Licht und Lust,
und dann lauschten wir, wie
die Stille, die Schwester
unserer Liebe, bedächtig
über den Waldboden tappte,
sacht, wie ein scheues Tier,
schlich sie voran . . .

Doch schon donnerte
ein Flugzeug über uns hinweg,
und die Stille stürzte davon
wie ein gehetztes Wild.
Und sie war fort,
blieb fort,
unwiederbringlich fort.
Nur dein nackter Leib
war noch davon angerührt,
und wir beide sahen uns
verwundert
und träumend an:

Daß es das schon gibt,
daß uns so etwas widerfährt –
mitten in diesem wilden,
gehetzten,
gequälten Jahrhundert!

Dein Lächeln

Dein Lächeln
am Morgen, als du gähnend
und lebensgierig
aufwachtest, ich hab es
wiedergefunden
auf vielen Gesichtern.
Sie trugen es weiter,
lächelten,
als hätten sie gerade
das Lächeln erfunden,
und wußten doch nicht,
daß es deine Erfindung war.

Im Schlaf

Aus der Tiefe meines Schlafes
komm ich, Liebste,
zu dir, streichle
dein krauses Haar,
küsse schlaftrunken
deine Schläfe,
deinen Mund,
deine Brust,
hole dich herauf
aus der Tiefe deines Schlafes,
empfange deinen Kuß,
schlafe schon wieder
und trage dich herüber
in meinen Schlaf,
und im Traum
vereint,
umschlungen,
unzertrennlich,
wiegt uns,
Welle und Wind,
Schiff und Meer,
der Schlaf
fort ans andere Ufer.

Wachtraum

Ich wache.
Du schläfst.

Schwebeleicht
bist du in den Schlaf
hinübergeglitten. Jetzt geht
dein Atem schwerer. In jedem Hauch
spür ich noch die Anspannung
zu leben, zu lieben.

Am Fenster
der ferne Widerschein
eines Feuers. Im Stahlwerk
gießt die Nachtschicht
flüssiges Eisen ab.

So wie das Feuer,
das Erz in Stahl umschmilzt,
verbrennt uns
die Liebe.

Nur wer
durch dieses Feuer
hindurchgegangen ist,
wen die Flammen ganz und gar
geschmolzen haben, der
ist Mensch geworden, ist
fähig, ist würdig
zu lieben.

Du schläfst.
Ich wache.

Wachend träume ich,
daß ich schlafe
und du über meinen Schlaf
wachst.

Abschied

Du bist gegangen,
und zurück
blieb die Leere.

Du bist gegangen,
und die Trauer
setzte sich an meinen Tisch,
setzte sich an deinen Platz,
aß schweigend
von deinem Teller.

Du bist gegangen,
und fort ist
die Vertrautheit,
der kleine Marienkäfer,
der sich, der uns birgt
in der Kreuzung
von vier Händen.

Du bist gegangen,
und zurück-
geblieben ist
und bleibt
und wird immer bleiben

das späte grüne Licht
eines Dezembermorgens,
der Abglanz
deines Blicks.

Proletarisches Tagelied

Lang, bevor
der Morgen kam,
standen wir am Fenster,
schlaflos, müde.
Ein Stockwerk tiefer
im Haus gegenüber
ging das Licht an.
Du sagtest, das ist
Mutter Flinzen, sie muß
als erste raus, putzt
von fünf bis sieben
die Büros von Beiersdorff.
Eine Viertelstunde später
wurde es hell daneben.
Das ist Munke, sagtest du,
der macht diese Woche
Frühschicht, Kranfahrer
ist der im Hafen. Und
dann waren die Italiener
im Dachgeschoß an der Reihe,
die arbeiten bei der Müllabfuhr.
Punkt fünf schrie unter uns
ein Kind. Das ist die Kleine
von Wanders, sagtest du,
die Mutter bringt sie
vor der Arbeit, die steht
acht Stunden bei Siemens
am Band, zur Krippe, der Alte
arbeitet irgendwo auf Montage,
kommt nur am Wochenende,
meistens stinkbesoffen.

Du kennst dich aus hier,
sagte ich. Ja, sagtest du,
wenn ich nachts nicht schlafen
kann, wenn mich meine Träume
aufgeschreckt haben, dann
stehe ich manches Mal
am Fenster und sehe, wie
es Tag wird. Hier müssen
alle früh raus, bei uns
in der Wrangelstraße. Lehntest
dich noch einen Augenblick
gegen mich, zündetest schon
das Gas an für den Kaffee
und pfiffst dann unter der Dusche
erst »Am Brunnen vor dem Tore«,
danach irgendeinen blöden Schlager
und beim Abtrocknen
die Internationale.

Neue Erfahrung

In unsere Beziehung
ist der Alltag eingezogen:
übernächtig,
müde,
griesgrämig
stand er in der Tür
und ist hereingekommen,
ohne anzuklopfen.

Was tun?
Wir können ihn doch
nicht einfach rauswerfen!
Er wird wiederkommen,
wird uns nötigenfalls
in der Nacht belästigen,
wird quengliger, je
mehr wir ihn verdrängen!

Komm, Liebste,
geben wir ihm einen Platz,
am besten in der Küche,
da gehört er hin!
Setzen wir uns zusammen
an den Tisch,
du und ich, der Alltag
und unsere Liebe,
später kommt dann
der Nachwuchs
ganz von selber dazu.

Stolz wollen wir unsere Liebe zeigen

Nun haben wir die Liebe gefunden,
die schwarzweiße Liebe, nach der
wir so lange gesucht haben.
Wir wollen sie hüten wie
deinen grüngraublauen Augenstern,
aber wir wollen sie nicht verstecken
hinter hohen Gardinen, als
hätten wir sie gestohlen,
wir wollen stolz sein
auf unsere Liebe und wollen
sie auf der Straße zeigen,
unsere langgesuchte Liebe!
Nun, da wir gefunden haben,
wonach wir uns immer gesehnt haben –
nichts als Liebe war es doch,
wonach wir unterwegs waren –,
nun, da wir sie in unseren Händen halten,
wollen wir sie austeilen,
wollen wir sie wie gebrochenes Brot
weitergeben an alle, die
danach hungern und dürsten!

Nun, da wir gefunden haben,
wonach alle Menschen suchen,
laßt uns kämpfen,
damit der Friede befestigt wird
und die Liebenden stärker werden
und wir nicht allein bleiben
mit unserer Liebe, die
uns nicht allein, die
allen gehört!

Ich habe ja dich

Manchmal wünsche ich mir,
woanders zu sein, wo an dem,
was uns fehlt, kein Mangel ist,

wo es Spaß bringt
und Mut macht
und Kraft gibt,

bis ins Mark Genosse zu sein,
Tag und Nacht und mit Lust zu kämpfen
und auf die alte Welt bloß zu pfeifen,

dann schau ich dich an,
du schaust mich an,
wir schauen einander an,

und mir wird klar,
all das hab ich ja,
hab ich hier und heute,

ich hab ja dich
und habe in dir
das andere, Fehlende auch.

Geh nicht ohne Abschied

Du gehst
und hoffst, daß ich
dich nicht gehen sehe.

Schleich dich nicht
weg wie ein Dieb.

Du hast mir nichts genommen.

Du hast mir vieles gegeben,
hast mich jeden Tag beschenkt,
hast mich reicher,
hast mich anders gemacht.

Schleich dich nicht
weg wie ein Dieb,
als ob du Unwiederbringliches
mit dir fortnimmst.

Wenn du gehst,
wende dich nicht ab,
schau zurück,
sieh dich um.

Oder willst du,
daß mein Blick dir
für immer im Nacken sitzt?

Geh nicht ohne Abschied.
Geh nicht, ohne rückzublicken.
Schleich dich nicht
weg wie ein Dieb.

Leben

Was ist das Leben?
Sich öffnen,
sich geben,
sich fallen lassen
in Lust und Schmerz,
niedergeworfen werden,
am Boden liegen
und endlich,
in Schmerz und Lust,
sich aufbäumen:
das Leben ist Liebe,
ist Entbehrung,
ist Erfüllung,
ist, wenn es gelebt ist,
Liebe.

Traum und Leben

Das Leben
ein Traum –
wenn es nicht
bloß geträumt,
sondern wirklich
gelebt wird.
Darum träume
nicht dein Leben,
sondern lebe
deine Träume.
Traumhaft:
ein gelebtes Menschenleben.

Nachwort

»Mein Weg war alles andere als gerade. Ich habe mich geirrt, mehr Fehler als Schulden gemacht. Doch Leben ohne Irrtum ist ein Irrtum.«

Der das sagt, ist heute weit über vierzig, ist Peter Schütt. Geboren wurde er 1939 in Basbeck an der Niederelbe als Sohn eines Dorfschullehrers. Die Strenge des Vaters überschattete Kindheit und Jugend. Der Sohn erfüllte die in ihn gesetzten Erwartungen nicht – er wurde Kommunist. Doch bis dahin war der Weg lang und – wie Peter Schütt im Gedicht sagt, alles andere als gerade.

Nach dem Besuch des Gymnasiums in Stade studierte er an der Universität Hamburg Germanistik und Geschichte und promovierte mit einer Arbeit über die »Dramen des Andreas Gryphius«. Schütts literarisches Schaffen beginnt in den sechziger Jahren, seine erste eigenständige Publikation erschien 1969 im Hamburger Quer-Verlag unter dem Titel »Sicher in die siebziger Jahre. Straßentexte«. Das war in einer Zeit, die von sich zuspitzenden gesellschaftlichen Widersprüchen in ganz Westeuropa geprägt war. Die Ereignisse des Jahres 1968 in Paris hatten auch und besonders große Auswirkungen auf die BRD. Die Aktionen der außerparlamentarischen Opposition (APO) richteten sich hauptsächlich gegen die Notstandsgesetze und gegen den Vietnamkrieg. Arbeitskämpfe erreichten in dieser Zeit Ausmaße, wie es sie seit Bestehen der Bundesrepublik noch nicht gegeben hatte. Eine große Rolle in den klassenpolitischen Auseinandersetzungen spielte die studentische Jugend, nicht zuletzt deshalb, weil ihre bildungssmäßigen Voraussetzungen ihnen größere Einsicht in die gesellschaftlichen Zusammenhänge ermöglichten. Sie forderten die Demokratisierung des Hochschulwesens, das reaktionär war und den Anforderungen eines modernen Lehrbetriebes überhaupt nicht mehr gerecht wurde. Die Studentenbewegung, an ihrer Spitze der Sozialistische Deutsche Studentenbund (SDS), war der politisch aggressivste Teil der oppositionellen Bewegung. Sektiererische und linksradikale Tendenzen waren verbreitet und verhinderten eine Solidarisierung der Studenten untereinander und mit der Bevölkerung. In einer »Rede an die Mehrheit« (kürbiskern, Heft 2/69), gehalten an der Kölner Universität am 23. 1. 1969, warnte Martin Walser die Studenten vor der Zersplitterung ihrer Kräfte. Er rief sie auf, eine breite Massenbasis zu schaffen, da sozialistische Bewußtseinsbildung ansonsten zu einem »intellektuellen Luxus« würde. Außeruniversitäre Ausbruchsversuche könnten nur die Studenten befriedigen, veränderten aber nicht die Gesellschaft. Sie würden nur erreichen, zum »Bürgerschreck« zu werden, und von der Bevölkerung würde ihnen mit Feindseligkeit begegnet werden. Die Warnung Walsers war nur zu berechtigt. Da man nicht von den objektiven historischen Gegebenheiten ausging, mußten die Aktionen letztlich scheitern. Die Gesellschaft wurde nicht verändert.

Viele junge Autoren, damals zum Teil selbst Studenten, waren an den politischen Auseinandersetzungen dieser Zeit aktiv beteiligt, so auch Peter Schütt. Von christlichen Positionen kommend, teilte er zunächst die Revolutionseuphorie jener Jahre. Neben der Beteiligung an politischen Aktivitäten stimulierte er als Gedichtschreiber revolutionäre Aktionen. Er gehörte der Gruppe »Hamburg linksliterarisch« an, einer Vereinigung junger Autoren, zu der unter anderen Wandrey und Timm gehörten, die speziell für die Agitation verfaßte Texte auf der Straße vortrugen. Es war eine für die BRD neuartige Darbietungsweise. Die

Autoren knüpften hier bewußt an Traditionen der Agitpropbewegung der 20er und 30er Jahre in Deutschland an, Traditionen, die bis dahin in der BRD von offizieller Seite weder gefördert wurden noch sonst eine Rolle gespielt hatten.

Die politischen Ereignisse der 60er Jahre machten deutlich, daß ohne organisierte Arbeiterklasse keine gesellschaftlichen Veränderungen zu bewerkstelligen waren. Diese Erkenntnis führte Schütt in die Reihen der 1968 neu gegründeten Kommunistischen Partei (DKP), deren aktives Mitglied – er gehört dem Parteivorstand an – er bis heute ist und die für ihn zum politisch-ideologischen Orientierungszentrum wurde. Durch seine Beteiligung an politischen Tageskämpfen gewann er Einblick in die tatsächliche Situation der Werktätigen. Nicht selten ist er am Werktor zu finden, wenn es um Kampfaktionen der Kollegen geht. Er verteilt Flugblätter oder unterstützt den Arbeitskampf mit seinen Gedichten. Er ist überall dort zu finden, wo es um gewerkschaftliche Forderungen in den Betrieben geht, wo es um demokratische Aktionen geht, zum Beispiel der Kampf gegen Sozialabbau, gegen die Berufsverbote, gegen die Stationierung amerikanischer Raketen in der Garlstedter Heide oder gegen die Arbeitslosigkeit. Er gehört zu den Mitbegründern des Werkkreises Literatur der Arbeitswelt, einer 1970 gegründeten Vereinigung von Arbeitern und Angestellten, deren Anliegen es war, in Zusammenarbeit mit Schriftstellern, Wissenschaftlern und Journalisten literarische Arbeiten zu verfassen, in denen die Situation abhängig Arbeitender wahrheitsgetreu gestaltet wird. »Für mich ist die Mitarbeit in der Hamburger Werkstatt eine nützliche Hilfe. Die schreibenden Arbeiter und Angestellten wissen oft weit besser als ein Berufsliterat, welche Probleme auf den Nägeln brennen, unter welchen Gesichtspunkten eine Frage diskutiert wird und welche

Formulierung am besten ankommt«, sagt Peter Schütt 1971 im »kürbiskern«.

Waren die Verse Schütts anfangs ausschließlich agitatorisch, beschränkt auf das Vorzeigen politischer Sachverhalte, so werden mit politischer und künstlerischer Reife auch seine Gestaltungsmittel vielfältiger, spielt die dichterische Subjektivität auch im politischen Gedicht eine zunehmende Rolle. Die vorliegende Auswahl, bis auf wenige Ausnahmen sind die Gedichte in den letzten fünf Jahren entstanden, zeugt davon.

Die derzeitige Hauptaufgabe der Kommunisten und aller demokratischen Kräfte der BRD ist die Erhaltung des Friedens, ist der Kampf gegen die Stationierung der USA-Atomraketen auf dem Boden der BRD, ist das Bemühen um dauerhafte Abrüstung und um Völkerverständigung. Gedichte, die diesem wichtigen Anliegen verpflichtet sind, nehmen in diesem Buch einen breiten Raum ein, denn, so sagt Peter Schütt: »Der Frieden ist vielleicht nicht alles, doch ohne Frieden ist alles nichts.«

Berlin, im März 1984 Jutta Zimmer

Quellennachweis

Folgende Buchveröffentlichungen von Peter Schütt liegen diesem Band zugrunde:

Sicher in die siebziger Jahre, Hamburg: Quer-Verlag, 1969
Vom Aufenthalt

Beziehungen, Fischerhude: Verlag Atelier im Bauernhaus, 1978
Lesezeichen; Mein Trotzdem; Transit; Die materielle Basis der Gedichte; Nachruf; Auf Albrecht Dürers Kupferstich »Ritter, Tod und Teufel«; Abschied von Rendsburg; Eine alltägliche Falschmeldung; Spätkapitalistischer Sommer; Anhörung; An Liz; Wachtraum; Abschied; Proletarisches Tagelied; Neue Erfahrungen; Ich hab ja dich; Leben

Zwei Kontinente, Fischerhude: Verlag Atelier im Bauernhaus, 1979
Klassentreffen; Bürger fragen Kommunisten; An eine scheidende Genossin; Unsere Zeit; Umwege der Erkenntnis; Telefonseelsorge; Einstellungsgespräch im Jahre 1984; Südafrika; Joe Hill; Unterwegs zu Martin Luther Kings Grab; Een Landsmann; Abschied von Pittsburgh; Dein Lächeln; Gefunden; Im Schlaf; Stolz wollen wir unsere Liebe zeigen

Zwischen Traum & Alltag, Fischerhude: Verlag Atelier im Bauernhaus, 1981
John Lennon, ein Nachruf; Entgegnung; Ballade vom Tod meines Vaters; Hunger; Frau in der U-Bahn;

Liebe in der Zeit; Olav Ritzmanns Nachruf; Der eigene Weg; Mutprobe; Karfreitag; Das McCoy-Tiner-Sextett; Die dialektischen Genüsse Manhattans; Traum und Leben

Entrüstet Euch, Dortmund: Weltkreis-Verlag, 1982
Rechenschaft; Bekenntnis zu mir selber; Warum ich so einseitig bin; Friedensspiele; Bäume sterben aufrecht; Osterchoral 1980; KZ-Besuch; Zum Gedenken an die Kinder vom Bullenhuser Damm

Was von den Träumen bleibt, Dortmund: Weltkreis-Verlag, 1983
Lehrgeld; Vaterlandsloser Geselle; Zeitgemäß; Wider-Wörter; Rechtes Dilemma; Rassismus; Schwarzer Schrei; Geh nicht ohne Abschied

Folgende Gedichte liegen nur im Manuskript vor:
An meine Mutter; Was mir die BRD bedeutet; Selbstüberwindung; An die Lerche; Atomwaffenfreier Schrammsweg; Brief aus Mali nach Westeuropa

Inhaltsverzeichnis